ZORAÏME

ET

ZULNAR,

OPÉRA EN TROIS ACTES;

PAR LE C. SAINT-JUST,

MUSIQUE DU C. BOIELDIEU.

Représenté pour la première fois sur le Théâtre de la rue FAVART, le 21 Floréal, an 6 de la République Française.

Prix, 24 s.

A PARIS,

AU BUREAU DRAMATIQUE, rue Helvétius, N.º 664;

Chez { MIGNERET, Imprimeur, rue Jacob, N.º 1186, VENTE, Libraire, Boulevard des Italiens.

AN VI.

Personnages.	Acteurs.
AKBÉ,	C. Philippe.
ZORAÏME,	C.ne Crétu.
ALAMIR,	C. Gavaudan.
ZULNAR,	C. Elleviou.
ZÉÏDE,	C.ne Bouvier Jenni.
HIRCAN,	C. Cellier.
HASSEM,	C. Martin.
UN VIEILLARD,	C. Saint-Aubin.
ROBLAS,	C. Chenard.
USBI,	C. Moreau.
COMPAGNONS D'USBI.	
PEUPLE.	
SOLDATS.	

La Scène se passe à Grenade.

ZORAÏME ET ZULNAR,
OPÉRA.

ACTE I.

Le Théâtre représente un jardin; plusieurs Ouvriers sont occupés à cueillir des fleurs.

SCÈNE PREMIÈRE.

HASSEM, ZÉÏDE.

CHOEUR.

Pour la fête
Qui s'apprête,
Cueillons des fleurs en ces bosquets,
Et de l'aimable Zoraïme
Secondons ainsi les projets;
Qu'un même zèle nous anime,
Et soit le prix de ses bienfaits.
Mes amis, ce soir quel tapage!
Nous jouerons,
Danserons,
Chanterons.
Pour celle que nous adorons,
Redoublons encor de courage:
Le travail ne fatigue pas,
Lorsque le cœur conduit les bras.

A

HASSEM à *Zeïde.*

Allons, voilà l'ouvrage qui s'avance : sais-tu bien que cela sera charmant ?

ZÉIDE.

Sans doute ; et Zoraïme sera aussi satisfaite de l'empressement que ces braves gens mettent à remplir son projet, que de la manière dont ils l'exécutent.

UN OUVRIER.

Il ne faut point que notre zèle vous étonne ; votre maîtresse est si bonne, si généreuse, qu'il n'est point un seul de nous dans Grenade, qui ne se croie heureux de pouvoir la servir.

ZÉIDE.

En effet ; beauté, courage, il ne lui manque rien : si nous l'avons vue, ainsi que toutes ses compagnes, partager la gloire que les Maures de la tribu des Abencérages ont acquise en Espagne ; nous la voyons maintenant, par sa douceur et son humanité, chercher à réparer tous les maux qu'a fait naître en ces climats une guerre aussi cruelle.

UN OUVRIER.

Dites-nous donc pourquoi elle nous a donné l'ordre de décorer de guirlandes la galerie de la cour des lions ; pourquoi cette foule de Musiciens et de Troubadours qui se rendent à l'Alhambra ; et quel est enfin l'objet de la fête qu'elle fait préparer ?

ZÉIDE.

C'est pour célébrer la convalescence

d'Enolf, que vous avez vu prêt à mourir des blessures qu'il a reçues en combattant pour elle.

UN OUVRIER.

Mais quel heureux hasard a pu le conduire près de Zoraïme, à l'instant même où ses jours étaient ainsi menacés?

HASSEM à part.

Dissimulons, et pour cause. (*Haut.*) Voici le fait : arrivés des bords de l'Afrique, et débarqués au port d'Almérie, nous nous rendions à Grenade pour seconder de nos efforts la tribu des Abencérages, dont le père de Zoraïme est le chef, et qu'on nous disait menacée par celle d'Abular ; à peine étions-nous dans les bois qui entourent cette ville, que le bruit des armes se fait entendre, nous approchons.... Mon maître approche, voit un jeune combattant prêt à succomber sous les efforts de plusieurs soldats furieux ; il prend ses armes, et seul contre tous, ne consultant que son courage, et non ses forces épuisées par les blessures qu'il reçoit, il parvient à rester maître du champ de bataille : mais quelle est sa surprise, lorsqu'il découvre dans le guerrier qu'il défendait, une femme belle, intéressante, en un mot, l'aimable Zoraïme !

UN OUVRIER.

Ces brigands qui la poursuivaient étaient sans doute de la tribu d'Abular, de cette tribu qui donna le jour au farouche Zulnar, le guerrier le plus terrible que nous ayons à redouter?

ZÉIDE.

Si l'on en croit les bruits qui se sont répandus, il a quitté l'armée des rebelles.

UN OUVRIER.

Ah! s'il tombait entre nos mains!...

HASSEM *à part.*

Chaque mot me fait trembler pour mon maître!

UN OUVRIER.

Allons, allons, mes amis, ne perdons point de temps, rentrons dans l'Alhambra et portons nos fruits et nos fleurs dans la cour des lions.... Suivez-moi. (*Les ouvriers sortent.*)

SCÈNE II.

HASSEM, ZÉIDE.

HASSEM.

Hé bien! ma chère Zéide! Enolf est enfin remis de ses blessures, et ta maîtresse doit être au comble de ses vœux?

ZÉIDE.

Il est vrai; mais je crains que son père, le respectable Akbé, absent de Grenade et retenu depuis deux mois à Carthame pour appaiser des troubles qui s'étaient élevés entre la tribu des Alabès et celle des Zégris, n'ait disposé de la main de sa fille en faveur d'Alamir, jeune Maure de sa tribu, et que par conséquent il n'approuve point les feux qu'elle ressent pour ton maître.

HASSEM.

Je serais fâché que l'amour d'Enolf troublât l'amitié qui l'unit au brave Alamir; mais c'est assez nous occuper des affaires des autres; parlons un peu des miennes : m'aimes-tu ?

ZÉIDE.

Quel doute !

HASSEM.

Tu m'épouseras donc ?

ZÉIDE.

Non.

HASSEM.

Comment après m'avoir donné ton cœur, me refuses-tu ta main ?

ZÉIDE.

C'est que je puis disposer de l'un, et non pas de l'autre.

HASSEM.

Par quelle raison ?

ZÉIDE.

Apprends que cet oncle que tu as connu à Tolède, veut m'unir à un de ses amis qui vient de lui rendre un service assez important.

HASSEM.

Et tu crois que je souffrirai que cet oncle maudit me prive du bonheur où j'aspire ?

ZÉIDE.

Il faudra bien t'y résoudre.

HASSEM *d'un ton menaçant.*

M'y résoudre?... plutôt!.... qu'il rende grâce à la distance qui me sépare de lui, et le dérobe à mon courroux... Ah! s'il était ici...

ZÉIDE.

Il est arrivé d'hier.

HASSEM *troublé.*

En es-tu bien sûre?

ZÉIDE.

Sans doute; il vient prendre possession de la place d'officier du grand juge Tisifour, que l'ami qu'il me destine pour époux lui a fait obtenir.

HASSEM.

Dis-moi, je t'en prie, est-il brave, ton oncle?

ZÉIDE.

Autant que toi.

HASSEM.

Diable! si nous en venions aux mains...

ZÉIDE.

Ce serait un combat... singulier... Mais Zoraïme m'attend pour savoir si les prépararifs de la fête avancent; il faut que je te quitte, adieu.

(Elle sort.)

SCENE III.

HASSEM seul.

La charmante fille ! tout en elle m'enchante ! c'est une grâce, une fraîcheur!...
d'honnneur j'en raffolle.

AIR.

Aimable objet de mon délire,
De quels feux tu sais m'enflammer !
C'est pour toi seul que je respire,
C'est toi seul que je puis aimer.
Pourquoi donc éloigner encore
L'instant qui doit me rendre heureux?
Ah ! daigne enfin combler mes vœux,
Ma Zeïde, ô toi que j'adore!...
Allons, espérons tout de ma fidélité....
Conservons mon amour sans perdre ma gaîté.

Dans cette vie,
Point de beaux jours
Sans la folie,   } Bis.
Sans les amours;
Près d'une fille
Mon cœur pétille,
Besoin d'aimer
Vient m'animer ;
A la jeunesse,
Je sais fort bien
Qu'on dit sans cesse
Que la sagesse
Est le vrai bien :
Je n'en crois rien.

Dans cette vie, etc.

Mais j'entends dire,
Cœur qui soupire
Perd le repos;
Ah ! quel martyre !
D'un tel délire
Fuyez les maux.
Plein d'un doux charme,
A ce danger
J'ai beau songer,
Rien ne m'alarme ;
Que craindre enfin
Dans ce lien ?
Femme infidelle
Nous trompe-t-elle?
On lui rend bien.
Non, j'en convien,
Près d'une belle
Je ne crains rien.
Dans cette vie
Point de beaux jours,
Sans la folie ;
Sans les amours.

C'est fort bien ; mais j'oublie que mon bonheur peut n'être pas de longue durée, et qu'il suffirait qu'on découvrît que mon maître.... Mais il s'avance.... sa situation, devient de jour en jour plus embarrassante, et je ne prévois pas encore comment il pourra s'en tirer.

SCÈNE IV.

ZULNAR, HASSEM.

HASSEM.

QUEL sujet vous amène en ces lieux, à

l'instant où de vous seul occupée, Zoraïme vous fait préparer la fête la plus brillante?

ZULNAR.

Que mon ame est loin de pouvoir en partager les plaisirs! Tout ici respire la joie; et moi, solitaire, sombre, farouche, en proie au plus cruel tourment, je languis, je soupire, je brûle.... Un silence coupable me pèse, et pourtant je ne puis me résoudre à parler! A charge à moi-même, j'évite tous les regards : dans les lieux les plus écartés, dans le fond des forêts, par-tout je cherche le repos, et par-tout il me fuit.

HASSEM.

En vérité, je ne vous reconnais plus : qu'est devenu ce fier Zulnar, dont le cœur avide de gloire ne soupirait qu'après les combats?

ZULNAR.

Ah! ne me rappelle point ce temps que je voudrais bannir de ma mémoire; aide-moi plutôt à réprimer ces passions violentes, terribles, que j'ai puisées dans le sein de la brûlante Afrique. Nourri sur ces rocs cachés dans les nues, où la neige brave de près les feux du soleil, élevé parmi les monstres des forêts, mon cœur en avait pris la férocité : appelé près d'Abular à qui j'étais uni par les liens du sang; je le suivis en ces climats; et c'est alors qu'imitant son exemple, je déclarai une haine éternelle aux Abencérages, si célèbres par leurs vertus... Bientôt conduits par la rage, nous triomphons de

leur valeur ; vaincus , poursuivis , ils deviennent nos victimes : sur un indice , ils sont
dépouillés ; sur un soupçon, leur tête tombe :
c'est ainsi que portant par-tout l'épouvante
et l'effroi , je rendis mon nom horrible à
ceux même qui se trouvaient forcés de louer
mon courage.

HASSEM.

Il est sûr que l'amour que Zoraïme éprouve
pour vous , ne tarderait point à l'affaiblir,
si elle venait à découvrir que vous fûtes l'ennemi le plus implacable de sa famille.

ZULNAR.

La crainte de m'attirer sa haine , a pu
seule me résoudre à prolonger un dégui-
sement qui , si tu m'avais consulté....

HASSEM.

Et le pouvais-je ? Indigné des cruautés
d'Abular , vous veniez de quitter son armée
pour retourner en Afrique ; passant près de
Grenade , vous trouvez une occasion de
vous battre , vous la saisissez : triomphant,
mais percé de toutes parts , vous êtes au
moment de perdre la vie ; Zoraïme qui
vous doit la sienne , vous voyant sans force,
sans connaissance , vous fait conduire dans
son palais , dans l'Alhambra , ce monument
superbe habité par son père ; elle me conjure
de lui faire connaître son libérateur ! ....
Mais les dangers qui vous menaçaient , les
prompts secours qui vous étaient nécessaires ;
la présence des Abencérages, tout me forçait
au silence : ne doutant point que découvrir

votre nom, c'étoit prononcer l'arrêt de votre mort, je vous fis donc passer pour un jeune Africain qui venait combattre sous les drapeaux d'Akbé.

ZULNAR.

Zoraïme, par ses secours généreux, m'eut bientôt rappelé à la vie ; son langage touchant, le tendre intérêt qu'elle prenait à mon sort, me faisait chérir mes souffrances ; elle ne me quittait point, et tandis que par degrés son ame s'ouvrait à l'amour, sa noble candeur croyait ne céder qu'aux mouvemens de la reconnaissance.

HASSEM.

Il était bien juste qu'elle cherchât à vous dédommager des dangers que vous avait fait courir l'imprudence d'exposer vos jours pour quelqu'un que vous n'aviez jamais vu.

ZULNAR.

Tu te trompes, Hassem ; rappelle-toi de ce jour où le glaive à la main je répandis l'effroi dans Tolède ; la fille d'Akbé parut devant moi au moment même où je livrais son frère au farouche Abular ; la poussière et le sang dérobaient à Zoraïme les traits de mon visage, mais je pouvais contempler les siens ; la douleur semblait encore ajouter à ses charmes ! Frappé d'un trait dont la blessure devait être éternelle, mon cœur et mes yeux s'enivrèrent des doux poisons de l'amour ; je sentais mon ame entière pénétrée d'un feu dévorant : oubliant à la fois Tolède, la guerre, les dangers que je courais, j'allais rassurer cette femme adorée, lorsque les ennemis ralliés fondirent sur moi de toutes parts. Je voulus combattre, et ne retrouvai plus ma première ardeur; je me retirai, repoussant d'une faible main les atteintes qui me menaçaient, et négligeant ma gloire et ma vie pour jeter encore un regard sur celle que je ne pouvais quitter et de qui désormais allaient dépendre mes destinées. Depuis ce jour, mon cœur ne fut plus le même; un regard de Zoraïme a changé tout mon être; l'amour sacré de la patrie, les soins touchans de l'amitié viennent l'occuper sans cesse. Une secrète voix me dit toujours, Zoraïme te regarde, elle t'entend, elle est le témoin invisible de tes actions, de tes pensées; aussitôt s'enfuit de mon cœur tout sentiment qui pourrait le corrompre; aussitôt toutes les vertus s'y rassemblent autour de l'image qui le remplit, le purifie et l'embrâse de tous les feux de l'amour.

HASSEM.

Vous êtes fort heureux que trop jeune pour porter les armes, ses pleurs fussent les seules qu'elle ait employées; et plus heureux encore que son père et le jeune Alamir fussent alors absens de Tolède; car s'ils vous avaient connu, vous n'eussiez point impunément tombé entre leurs mains.

ZULNAR.

Ne crois point que si j'ai consenti à cacher mon nom à ces fiers Abencérages, ce soit dans la seule vue de me livrer sans crainte aux charmes de l'amour; un projet plus vaste m'a déterminé. Abular séduisant ma jeunesse, égarant mon cœur tourmenté du besoin de la gloire, m'a conduit dans le sentier du crime; il faut que je l'en punisse il faut qu'il meure, et qu'il meure de ma main. Je sais que son courage égale sa cruauté; je n'ignore point le danger d'une pareille entreprise; mais pour la tenter, il me suffit que l'estime de Zoraïme en doive être le prix; le plus affreux des supplices est de craindre un reproche de ce qu'on aime; eh! que m'importent les hommages, les vaines louanges du monde entier? C'est le suffrage de Zoraïme que je veux; mon ame n'est plus en moi, je ne vois, je ne juge que par ses yeux; et même au sein de la vertu, je n'oserais croire à mon innocence, si elle était soupçonnée de celle que j'adore.... Mais on vient, c'est Zoraïme! ah! pourquoi les remords viennent-ils troubler la douceur que me fait éprouver sa présence?

(*Hassem sort.*)

SCÈNE V.

ZORAIME, ZULNAR.

ZORAIME.

Cher Enolf! il m'est donc enfin permis de jouir du fruit de mes soins, en vous voyant échappé des dangers auxquels vous vous étiez exposé pour moi: qu'il m'eût été cruel de voir le guerrier qui sauva mes jours victime de sa générosité !

ZULNAR.

En expirant pour vous, eût-il pu regretter la vie ?

ZORAIME.

Ah ! chassons cette idée, et jouissons du bonheur que le ciel m'a procuré en vous la conservant.

ZULNAR.

Si mes jours me sont chers, c'est depuis que vous m'avez permis de vous les consacrer; sans vous, Zoraïme, sans ce tendre intérêt que j'eus le bonheur de vous inspirer, quel charme aurait pour moi l'existence ! ah ! si jamais votre cœur !... (à part.) Contraignons-nous.

ZORAIME.

Vous paraissez distrait, agité; d'où vous vient un tel trouble ? Peut-être croyez-vous que mon père persistera toujours dans ses projets, et me forcera d'épouser Alamir ? Rassurez-vous ; Akbé saura que sa fille fut sauvée par votre valeur; et son amitié, celle de votre rival, ma main seront le prix d'un si grand bienfait. Oui, pour que mon père approuve mes feux, il suffit qu'il vous doive nos jours, que vous brûliez de combattre mes ennemis, sur-tout ce terrible Zulnar qui porta le carnage dans Tolède, et qui causa la perte de mon frère.

ZULNAR à part.

Affreuse situation !... Ah ! Zoraïme ! si

vous connaissiez les tourmens que j'éprouve, lorsque je pense que d'un mot je pourrais... Zoraïme, ma chère Zoraïme ! il faut que je vous quitte ; mais croyez que jusqu'à mon trépas, j'aurai pour unique pensée le souvenir précieux des momens passés près de vous.

DUO.

ZORAIME.

Eh ! quoi ? tu parles de partir !

ZULNAR.

Oui, mon devoir est de vous fuir.

ZORAIME.

Quel funeste dessein t'anime ?

ZULNAR.

Cessez d'accroître mes regrets.

ZORAIME.

Tu pourrais quitter Zoraïme ?

ZULNAR.

Hélas ! peut-être pour jamais.

ZORAIME.

O ciel! de ton amie
Tu vas te séparer !

ZULNAR.

De la plus tendre amie
Il faut me séparer !

ZORAIME.

Qui peut donc t'inspirer
Cette coupable envie !

B

ZULNAR.   ZORAIME *à part*.

Ne m'interrogez pas,   Il ne me répond pas,
        (*A part.*)
O cruel embarras!   D'où vient son embarras!

ZORAIME.

Daigne terminer mes alarmes.

ZULNAR *à part*.

Que je souffre de voir ses larmes !

ZORAIME *tendrement*.

Cher Enolf !

ZULNAR *troublé*.

Hé ! bien ?...

ZORAIME.

                    Cette ardeur
Que tu fis naître dans mon cœur,
Pour toi n'a-t-elle plus de charmes ?

ZULNAR.

Ah ! quel doute odieux !
Quelle cruelle offense ?...
A toute heure, en tous lieux,
Je ne vois, je ne pense
Qu'à l'objet de mes feux.
Dans mes transports, j'oublie
L'univers près de toi ;
L'amour est tout pour moi ;
C'est mon bien, c'est ma vie,
Le dieu consolateur
Qui m'enflamme, m'inspire ;
Qu'en mon brûlant délire
Je porte dans mon cœur.

ZORAIME.

Et pourtant de ton amie
Tu vas te séparer ?

ZULNAR.

De la plus tendre amie
Il faut me séparer.

ZORAIME.

Ah ! qui peut t'inspirer
Cette coupable envie ?

ZULNAR.	ZORAIME à part.
Ne m'interrogez pas.	Il ne me répond pas :
(A part.)	
O cruel embarras !	D'où vient son embarras ?
Quelle contrainte horrible !	Incertitude horrible
Qu'elle me fait souffrir !	Que tu me fais souffrir !
D'un tourment si terrible,	D'un tourment si terrible,
O ciel ! viens me guérir.	O ciel ! viens me guérir.

ZORAIME.

Cruel ! tu me résistes en vain ; je saurai
pénétrer ce mystère.

SCÈNE VI.

LES PRÉCÉDENS, HIRCAN.

HIRCAN.

Madame, votre père arrive.

ZORAIME.

Mon père ! ah ! je vole !...

HIRCAN.

Il s'avance en ces lieux, suivi de ses plus
fidèles amis.

SCÈNE VII.

AKBÉ, ZORAIME, ZULNAR, ZÉIDE, HIRCAN, *suite d'Akbé, gens de la fête.*

AKBÉ.

Ma fille, il m'est enfin permis de te presser dans mes bras !

ZORAIME.

Ah ! mon père ! avec quelle impatience j'attendais que vous fussiez rendu à mes vœux !

AKBÉ.

Ma chère Zoraïme, quelle douleur m'a causé le récit des dangers que tu avais courus pendant mon absence !... Mais où donc est celui qui sauva ma fille, celui par qui je respire ? Conduis-moi vers lui, que je le voie, et que ma reconnaissance...

ZORAIME.

Le voilà, mon père, c'est Enolf !

AKBÉ.

O mon digne bienfaiteur, comment m'acquitter jamais !...

ZULNAR.

Je suis témoin de la joie que votre cœur éprouve ; voilà ma plus douce récompense.

ZÉIDE.

Allons, Madame, la présence d'un père chéri ne peut qu'ajouter encore à la gaîté qui doit régner aujourd'hui ; venez donc, tous nos jeunes Troubadours sont rassemblés, et l'on n'attend plus que vous pour commencer la fête....

A K B É.

Qu'il m'est doux de pouvoir partager votre joie ! Mais Alamir, que fait-il? Qui peut le retenir loin de nous ?

Z O R A I M E.

Je l'ignore.

A K B É.

Je brûle de l'instruire du bonheur qui l'attend.

Z O R A I M E.

Expliquez-vous, mon père.

A K B É.

Tu sais que depuis long-temps j'avais conçu le projet de t'unir au brave Alamir ; mais les soins qu'exigeait la défense de ce pays, nos divisions avec Abular, enfin la perte d'un fils adoré, tout me faisait une loi de suspendre ces nœuds : aujourd'hui que l'ennemi est à nos portes, qu'Abular veut envahir mes Etats, tout m'ordonne d'assurer un défenseur à ma fille : permets-moi donc de presser un hymen qui doit faire ton bonheur.

Z O R A I M E.

O ciel !

Z U L N A R.

Qu'ai-je entendu ?

A K B É.

Mais on vient.... C'est Alamir.

SCÈNE VIII.

LES PRÉCÉDENS, ALAMIR.

ALAMIR.

PARDONNEZ si je viens troubler des instans qui devaient être consacrés au plaisir, en vous faisant part d'un bruit qui se répand dans la ville.

AKBÉ.

Quel est-il ?

ALAMIR.

Zulnar, à ce qu'on assure, s'est éloigné depuis un mois d'Abular ; il a pris la route de Grenade, et l'on ne doute point que dans l'ombre du mystère il ne trame quelque complot contre nous.

AKBÉ.

Qu'entends-je ?

ZORAIME.

Son approche me fait frémir d'horreur ! Enolf, Zoraïme t'est chère ; protège-la, défends-la, sauve-la du cruel Zulnar... ou plutôt, prenons nos armes, et volons ensemble à la rencontre du perfide.

ZULNAR à part.

Où cacher ma honte !

ALAMIR.

Si l'on en croit le peuple, il est envoyé par

Abular, qui, s'apprêtant de nouveau à nous attaquer, fait tous ses efforts pour séduire nos soldats.

AKBÉ.

Et Zulnar a pu se charger de ce honteux emploi ! Le monstre ! je ne quitte plus les armes qu'il n'ait mordu la poussière. (*Il tire son cimeterre.*)

ZORAIME *ôtant le cimeterre de la main de son père.*

Mon père, que faites-vous ? Est-ce à votre bras affaibli par l'âge que vous devez remettre le soin de votre vengeance ? Non, voilà le défenseur que le ciel vous envoie et dont mon cœur vous répond. Enolf, prends ce fer, et pour mériter ma main, plonge la tienne dans le sein de Zulnar.

AKBÉ.

Ma fille, un tel discours....

ZORAIME.

Vous instruit du sentiment qui règne dans mon cœur, et dont je brûlais de vous faire l'aveu. Je sais que je dépends de vous seul ; ma soumission à vos volontés sera toujours égale à ma tendresse : j'estime et chéris les vertus d'Alamir ; sa fidélité pour vous est un titre puissant sur mon cœur ; mais en me souvenant sans cesse de ce que vous lui devez, puis-je oublier ce que je dois moi-même à mon libérateur ?

ALAMIR.

Votre reconnaissance est juste, et le sentiment que vous inspire Enolf, ne doit pas plus m'offenser que me surprendre. Ce n'est point par d'indignes reproches que je prétends vous rappeler mes droits : je sais que l'amour vous parle en faveur de mon rival ; mais j'espère au moins vous prouver que j'étais digne de lui disputer votre cœur.

ZULNAR.

Alamir, si l'espoir d'obtenir la main de Zoraïme enflamme ton courage, crois que je brûle de surpasser le tien. Ce soir nous partirons au coucher du soleil ; tu me trouveras à la porte d'Espagne, et sois sûr que je saurai délivrer Grenade de son plus cruel ennemi.

AKBÉ.

Mes amis, nous ne devons plus songer en cet instant qu'au danger qui nous menace ; Zulnar est près de nous. Voici l'instant de sauver la patrie : tous deux vous partagez mon estime, mon amitié ; tous deux vous avez des droits sur ma fille ; qu'elle devienne en ce jour le prix du courage : je promets d'accorder Zoraïme au vengeur de son frère.

ALAMIR.

Eh bien ! j'y consens, qu'Enolf soit mon compagnon d'armes ; s'il triomphe, je le verrai revenir vainqueur avec peine, mais sans jalousie ; ce sentiment trop bas pour mon ame, ne souillera jamais le cœur où vous régnez.

FINALE.

AKBÉ *avec le chœur.*	ALAMIR.
Allons sans tarder davantage,	Allons sans tarder davantage,
Du plus grand de ses ennemis	Du plus grand de ses ennemis
Volons délivrer ce pays.	Volons délivrer ce pays.
volez	
Il suffit pour vaincre sa rage,	Il suffit pour vaincre sa rage,
Qu'aujourd'hui de votre courage	Qu'aujourd'hui de notre courage
notre	
Ma Zoraïme soit le prix.	Sa Zoraïme soit le prix.
sa	

ZORAIME *à Zulnar.*	ZULNAR.
Allons sans tarder davantage,	Laissons-les dans leur juste rage
Du plus grand de ses ennemis	Du plus grand de leurs ennemis
Vole délivrer ce pays.	Délivrer enfin ce pays.
Enolf, va combattre sa rage,	Je mérite un pareil outrage,
Et songe que de ton courage	Que de mon horrible courage
Zoraïme sera le prix.	Aujourd'hui la mort soit le prix!

ALAMIR.

Mais comment découvrir ce traître ?
Zulnar n'est point connu de nous ;
S'il échappait ?

ZULNAR.

Rassurez-vous ;
Zulnar n'a jamais su paraître
Dans les dangers, dans les combats,
Sans s'être bientôt fait connaître.

ZORAIME.

Si je devais suivre vos pas
Aux lieux où court votre vaillance,
La haine conduirait mon bras.
S'il paraissait en ma présence,
Ah ! je ne m'y tromperais pas !

CHOEUR.

Allons sans tarder davantage, etc.

Fin du premier acte.

ACTE II.

On voit dans le fond du Théâtre les remparts de Grenade; sur la droite, une chaumière dont la principale entrée est censée se trouver du côté opposé à la scène; il y a aussi une porte qui donne sur le Théâtre.

SCENE PREMIÈRE.

HASSEM, ZÉIDE.

HASSEM.

Oui, ma chère Zéïde, je vais être obligé de te quitter avant peu.

ZÉIDE.

En effet, j'ai été témoin de la manière pressante dont Zoraïme engageait ton maître à voler à la rencontre de Zulnar; je crains bien de voir recommencer ces maudites guerres qui, pendant si long-temps, ont désolé ce pays : je ne sais pas pourquoi, mais j'ai dans l'idée qu'elles n'auraient pas beaucoup plus d'attraits pour toi.

HASSEM.

Tu te trompes; tel que tu me vois, je suis un diable quand il s'agit de me battre. Dès que je vois l'ennemi, je n'y tiens pas.... Je n'écoute plus rien, et même j'ai un défaut, c'est qu'alors la valeur m'emporte si loin....

ZÉIDE.

Si loin, qu'on ne te revoit plus.

HASSEM.

Tiens, Zéide, je vois avec peine que tu ne rends pas à mon courage toute la justice qu'il mérite.

ZÉIDE.

Oh ! mon Dieu ! si....

HASSEM.

Tu sais que Zoraïme a promis qu'au retour d'Enof elle comblerait ses vœux : dis-moi donc quand tu seras déterminée à suivre l'exemple de ta maîtresse ?

ZÉIDE.

Quand je te verrai imiter celui de ton maître.

DUO.

HASSEM.

Ah ! ne doute pas de mon cœur !
Crois que l'amour qui m'anime,
Surpasse la bouillante ardeur
Qu'Enof ressent pour Zoraïme.

ZÉIDE.

C'est bien moins par de vains discours
Qu'il sut rendre son cœur sensible,
Que par le courage invincible
Qui pensa lui coûter ses jours,

HASSEM.

Autant que lui l'honneur m'enflamme.

ZÉIDE.

Ah ! lorsqu'au sortir des combats,
Un amant aux pieds de sa Dame,
Revient tout prêt à rendre l'ame ;
C'est alors, mon cher, qu'une femme
A l'amour ne résiste pas.

HASSEM.

Ma foi ! d'obtenir tes appas
Mon ame devient moins jalouse
S'il faut mourir pour qu'on t'épouse ;
J'en conviens, je crains le trépas.

ZÉIDE.

Calme l'effroi qui te tourmente ;
Zéïde n'est point exigeante,
Tu peux me plaire à moins de frais.

HASSEM.

Bon, ma chère, tu me rassures.

ZÉIDE.

Trois ou quatre bonnes blessures,
C'est tout ce que je te voudrais.

HASSEM.

De ce vœu, soit dit sans mystère,
Je ne me serais point douté ;
L'amant le plus fait pour te plaire,
Me paraissait, en vérité,
Celui qui jouissait, ma chère,
De la plus parfaite santé.

ZÉIDE.

Hassem, tu peux m'en croire,
Lorsqu'on veut être aimé,
Du desir de la gloire
Il faut être animé.

ZÉIDE.   HASSEM.

Pour défendre sa belle,	Oui, mourir pour sa belle,
Un amant ne craint rien,	C'est fort beau, j'en conviens;
Et bénit son destin	Mais un plus doux destin,
S'il peut mourir pour elle.	C'est de vivre pour elle.

ZÉIDE.

Que tu es heureux ! Voici l'instant qui s'approche, où tu vas voler au combat : quel beau jour !...

HASSEM.

Que celui où je reviendrai ; j'espère qu'alors....

ZÉIDE.

J'aime à voir la noble ardeur qui t'enflâme.

HASSEM.

Mais au moins me seras-tu fidèle ?

ZÉIDE *lui parlant toujours sans l'écouter.*

Ton absence sera-t-elle longue ?

HASSEM.

Je le crains bien ; mon maître m'a parlé de certain projet... Au reste, quel qu'il soit, je ne partirai point sans t'en instruire et te presser encore d'engager ton oncle à consentir à notre union.

ZÉIDE.

Je vais chez lui ; veux-tu m'accompagner ?

HASSEM.

Je ne puis ; Enolf m'a dit de l'attendre au bas de ce rempart : adieu donc, il faut nous séparer.

ZÉIDE.

Tiens, ne parlons pas de cela, je n'aime pas les adieux. Mais voici ton maître ; au revoir.

HASSEM *regardant Zulnar qui s'avance.*

Il est si agité, qu'il ne voit personne.

SCÈNE II.

ZULNAR, HASSEM.

ZULNAR.

Hé bien, Hassem, tout est-il prêt pour mon départ ?

HASSEM.

Quoi ! déja ?

ZULNAR.

Ignores-tu que ma tête est à prix ?

HASSEM.

Daignez m'accorder au moins quelques instans pour prévenir Zéide d'une séparation aussi cruelle !

ZULNAR.

Non, la moindre indiscrétion de ta part pourrait me perdre. Je te défends de la voir.

HASSEM *à part.*

Il me reste heureusement la ressource de lui écrire.

ZULNAR.

Va, sans plus tarder, préparer mes armes
et mon coursier.

———————

SCÈNE III.

ZULNAR *seul.*

A I R.

JE ne sais où porter ma démarche incertaine ;
A leur juste fureur je n'échapperai pas ;
Et quels que soient les lieux où ma douleur m'entraîne,
Un abime effroyable est ouvert sous mes pas....
Quel sort affreux m'attend !... O désespoir extrème !
Oui, c'en est fait, hélas ! je perds celle que j'aime...
Allons, ne tardons plus, je dois fuir ce séjour....
Mais Zoraïme ! objet du plus ardent amour,
Ne crois pas me quitter ; dans mon ame brûlante,
J'emporte, en m'éloignant, ton image vivante.
O douleur !... Est-il vrai ?... sur ces bois, ces remparts,
Pour la dernière fois je jette mes regards.
 Ici tout me rappelle
 Les plus doux souvenirs ;
 Sous ces bois auprès d'elle
 S'exhalaient mes soupirs.
 Adieu sources, prairie,
 Adieu sombres forêts ;
 Ainsi que mon amie,
 Je vous quitte à jamais.

L'instant approche où la tribu d'Akbé va
marcher à la rencontre d'Abular ; tâchons
de la prévenir et d'exécuter mes desseins.
Tant que je fus retenu par mes blessures,
l'honneur même me prescrivit la loi de rester

inconnu, afin d'échapper à la mort honteuse qui m'attendait. Si le ciel seconde aujourd'hui mes projets, je veux que reparaissant bientôt aux yeux de Zoraïme, mon nom qui lui fait maintenant horreur, soit un titre de plus pour lui plaire.

SCÈNE IV.

ZULNAR, ALAMIR.

ALAMIR.

ALLONS, cher Enolf, voici l'instant de voler où l'honneur nous appelle ; soyons toujours unis et ne connaissons plus d'autre rivalité que celle de la gloire.

ZULNAR.

Je reconnais Alamir à cette noble ardeur.

ALAMIR.

Doit-elle te surprendre ? ne partages-tu point la haine que m'inspire ce féroce Zulnar?

DUO.

ALAMIR.

Quel jour glorieux se prépare !
Zulnar va tomber sous nos coups.
Bientôt, si j'en crois mon courroux,
Nous aurons puni ce barbare.

ZULNAR.

Je hais plus que toi les fureurs
Dont Zulnar s'est rendu coupable ;
Mais revenu de ses erreurs,
Peut-être le remords l'accable.

ALAMIR.

Non, non, il n'a jamais connu
L'ombre même d'une vertu.

ZULNAR.

Qu'oses-tu dire ? quel outrage !
Zulnar n'a pu le mériter.

ALAMIR.	ZULNAR.
Je ne consulte que ma rage,	Il ne consulte que sa rage,
Je veux la laisser éclater.	La mienne est prête d'éclater.
Vengeance, guide mon courage,	Au combat lavons cet outrage,
Que rien ne puisse m'arrêter.	Que rien ne puisse m'arrêter.

ALAMIR.

Pour Zoraïme et sa patrie
Qu'il est doux d'exposer sa vie !
Au champ d'honneur je vais courir,
Fier Zulnar ! deviens ma victime :
Je veux, dans l'ardeur qui m'anime,
Et me venger, et te punir.

ALAMIR.	ZULNAR.
Oui, ne consultons que ma rage, etc.	Il ne consulte que sa rage.

ZULNAR.

Contre Zulnar quelle furie !

ALAMIR.

Il l'a méritée....

ZULNAR *se contenant avec peine.*

Alamir !....

ALAMIR.

La trahison, la perfidie,
Voilà ses armes....

ZULNAR *prêt d'éclater.*

(*A part.*)   Alamir !...
En cet instant mon sang bouillonne.

C

ALAMIR.

Quand pourrais-je enfin contre lui
Assouvir ma haine?

ZULNAR.

Aujourd'hui.

ALAMIR.

Un pareil langage m'étonne !...
Tu connais ce monstre odieux ?...
Où donc est-il?

ZULNAR.

Devant toi.

ALAMIR.

Dieux !

ZULNAR.

Oui, tu vois ce farouche guerrier qui dé-
teste ses erreurs, et depuis long-temps n'as-
pirait qu'à les réparer : tu m'as outragé, ma
fierté m'a découvert ; achève et prends ma
vie.

ALAMIR.

Je ne sais si je veille ! Quoi ! ce mortel
sensible, humain, qui semblait ne respirer
que l'amour des vertus, que je regardais
comme un frère, était Zulnar !

ZULNAR.

Lui-même ; je sais le sort qui m'attend :
viens me livrer à tes Abencérages.

ALAMIR.

Quand Alamir desirait connaître Zulnar,
c'était pour triompher de sa valeur au mi-

lieu des combats, et non pour le livrer aux bourreaux.

ZULNAR.

Il faut expier mes crimes.

ALAMIR.

Il faut les réparer; sans doute à plus d'un titre Zulnar a mérité ma haine, mais l'intérêt que m'inspirait Enolf, parle encore a mon cœur; c'est le seul rival qui pouvait impunément me disputer Zoraïme : si témoin du bonheur que l'amour lui faisait éprouver, j'ai respecté ses jours, ce n'est point quand le sort l'accable qu'on me verra le poursuivre. Mais le temps presse; nos soldats te cherchent, et je veux te dérober à leur poursuite. Tu vois cette chaumière; elle est habitée par un vieillard digne de ma confiance. Je vais le prier, sans te nommer, de te recevoir chez lui, et quand le jour fera place aux ombres de la nuit, tu t'éloigneras de ces lieux.

ZULNAR.

Si je cède à tes desirs, c'est dans le seul espoir de te prouver bientôt que je suis digne de cette amitié dont mon cœur sent tout le prix.

ALAMIR.

Oui, ta conduite justifiera ma démarche, et mon pays va me devoir un de ses plus ardens défenseurs; si je m'étais abusé, je te retrouverais bientôt au combat, et ce n'est que là qu'Alamir sait punir un ennemi et se venger d'un rival... Mais Zoraïme s'approche, évitons sa présence.

SCÈNE V.

ZORAIME *seule.*

AIR.

Que vois-je ! Enolf fuit de ces lieux !
Il semble éviter ma présence,
Et se dérobe à mes adieux !
Je venais exciter son bras à la vengeance,
Et contre Zulnar, dans son cœur
Verser ma haine et ma fureur !...
Mais victime de son courage
Si mon amant allait périr ?...
Ah ! chassons loin de moi cette importune image,
De douleur et de crainte elle me fait frémir !...
Ciel ! ma douleur plaintive
A toi seul a recours ;
Si tu veux que je vive,
D'Enolf sauve les jours !
Non, non, rien ne ressemble
A cet affreux tourment !
Sans cesse mon cœur tremble
Pour les jours d'un amant !
Enolf, le coup horrible
Qui finirait ton sort,
Frappant mon cœur sensible,
Me donnerait la mort.

SCENE VI.

ZORAIME, UN VIEILLARD.

ZORAIME.

MAIS que cherche ce vieillard ?

LE VIEILLARD.

Que dois-je faire ? Je ne me trompe, pas, c'est la fille du respectable Akbé !

ZORAIME.

Elle-même, que voulez-vous ?

LE VIEILLARD.

Ah ! je respire ! plongé dans un trouble affreux, je cherchais une personne sûre, prudente, qui pût m'éclairer sur la conduite que je dois tenir; je vous ai trouvée, mes vœux sont remplis.

ZORAIME.

De quoi s'agit-il ?

LE VIEILLARD.

Vous savez qu'on publie dans la ville que Zulnar est en ces lieux, qu'on est à sa poursuite, et qu'on regardera comme traître à nos tribus, celui qui serait assez lâche pour lui donner un asyle....

ZORAIME.

Eh bien ! mais votre embarras redouble....

LE VIEILLARD.

Je ne sais si je dois....

ZORAIME.

Achevez.

LE VIEILLARD.

Sachez donc qu'on vient de me présenter un inconnu, en me priant de lui donner un asyle jusqu'à l'entrée de la nuit; j'y consens: à peine sommes-nous seuls que je le regarde, croyant reconnaître les traits d'un guerrier que j'avais vu au siége de Tolède; je le considère davantage, et bientôt dans cet étranger je découvre Zulnar.

ZORAIME.

O ciel!

LE VIEILLARD.

Je feins de ne point le connaître, et dans ce premier moment, la pitié s'emparant de mon cœur, je forme le projet de le sauver.

ZORAIME.

Ah! malheureux! qu'alliez-vous faire?

LE VIEILLARD.

Hors de moi-même, tourmenté de la crainte d'être coupable envers mon pays, et ne pouvant cependant me résoudre à trahir les devoirs de l'hospitalité; incertain sur ce que je devais faire, je cherchais un guide, daignez m'en servir.

ZORAIME à part.

Quoi! mon frère serait vengé, sans qu'Enolf exposât ses jours!

LE VIEILLARD.

Le chemin qui conduit à ma chaumière

est rempli de soldats; mais cependant si vous voulez sauver ce malheureux, il en est encore temps; cette porte qui servait autrefois d'entrée à cette cabane, communique à l'endroit où il est refugié, et peut protéger sa fuite; son sort est donc entre vos mains.... parlez, que faut-il faire ?

ZORAIME.

O surprise !... Zulnar est donc là.... Allons, périsse notre ennemi le plus cruel! que dis-je? où m'entraîne un aveugle transport?... Non, je ne puis.... mais mon frère, mes amis, j'ai promis de vous venger, et lorsque j'en ai les moyens.... Ils sont trop indignes de moi: fier Zulnar! redouté, triomphant, je devais poursuivre tes jours; malheureux, je dois les protéger.

SCÈNE VII.

ZORAIME, AKBÉ, HIRCAN, SOLDATS.

AKBÉ aux Soldats.

ALLONS, amis, volez où l'honneur vous appelle,
Prouvez-moi votre zèle;
Mais, apprenez avant quel danger vous courrez....
Ah ! ma fille, c'est toi.

ZORAIME.

Quel trouble vous agite ?

AKBÉ.

Vainement de Zulnar on est à la poursuite;
On dit que, séduisant les esprits égarés,
Il prépare ainsi notre défaite;
Déja de tous côtés les postes sont livrés,

On ajoute qu'il veut, pour prix de sa conquête,
Que bientôt à ses pieds on apporte ma tête.

ZORAIME.

Et j'allais le sauver ?

AKBÉ.

Tombe au moins sur moi seul la fureur qui le guide,
O sort ! pourquoi nous cacher ce perfide ?

ZORAIME.

Vous ne tarderez point, mon père, à le trouver.

AKBÉ.

Où donc est-il ?

ZORAIME.

En ma puissance.

LE CHOEUR.

Eh bien ! guidez notre courroux.

ZORAIME.

Je vais remplir votre espérance.

(En allant vers la cabane.)

Perfide ! parais devant nous.

LE CHOEUR.

Perfide ! parais devant nous.

ZORAIME *voyant sortir Zulnar.*

O ciel ! Enolf, tu n'es point le coupable ?

ZULNAR.

Connaissez enfin votre erreur,
Je suis Zulnar.

ZORAIME et LE CHOEUR.

Dieux !

LE CHOEUR.

Ciel vengeur !

Tu sers notre haine implacable.

ZORAIME.

Est-ce donc un songe trompeur ?

Ensemble.

ZORAIME.

Ah ! quelle horreur m'environne !
Qu'ai-je fait ! mon cœur frissonne ;
O trop funestes fureurs !
Mon courage m'abandonne ;
Je succombe, je me meurs.

AKBÉ *et les Soldats.*

Ah ! quelle horreur l'environne !
Son courage l'abandonne ;
Elle cache en vain ses pleurs ;
Elle tremble, elle frissonne,
Et dévore ses douleurs.

ZULNAR.

Ah ! quelle horreur m'environne !
Mourir, ô ciel ! j'en frissonne,
Sans réparer mes erreurs.
Mon courage m'abandonne ;
Je succombe, je me meurs.

ZORAIME.

Ah ! grand Dieu ! c'est moi qui l'entraîne
Au supplice affreux qui l'attend.

ZULNAR.

J'emporte en mourant votre haine,
C'est mon plus cruel châtiment.

AKBÉ *aux Soldats.*

Amis, plus de retardement,
Et que dans la tour on le mène.

Ensemble.

ZORAIME.

Ah ! je sens tout mon corps trembler.

LES SOLDATS.

Allons, allons, il faut marcher ;
Suivez nos pas sans plus tarder.

ZULNAR.

Guidez mes pas sans plus tarder.

ZORAIME.

Ah ! quel moment affreux s'apprête !
(*Aux Soldats.*)
De grâce, différez encor.

LES SOLDATS.

Non.

ZORAIME.

Eh ! quoi ! rien ne vous arrête ?

LES SOLDATS.

Rien.

ZORAIME.

Quel sera son sort ?

LES SOLDATS.

La mort.

ZORAIME.

De quel effroi mon ame est saisie !
Destins trop cruels, achevez ;
Frappez, je dois perdre aussi la vie,
Si ses jours ne sont conservés.

AKBÉ *et les Soldats.*

Ensemble.

Vil défenseur de la tyrannie,
Qui nous a trop long-tems bravés,
Frémis ! pour frapper la tête impie
Sur toi tous nos bras sont levés.

ZULNAR.

O ciel ! à finir dans l'infamie
Mes jours étaient donc réservés !
Eh bien ! terminez enfin ma vie !
Destins trop cruels, achevez.

Fin du second Acte.

ACTE III.

Il fait nuit, la scène se passe dans une place publique ; on voit sur la droite une tour auprès de laquelle est une cantine ; il doit y avoir devant la porte une table avec une lumière, du vin, des verres.

SCENE PREMIERE.

ZORAIME, ZÉIDE. *Elles sont déguisées en Troubadours ; Zoraïme a les yeux fixés sur la prison.*

ZORAIME.

Voila donc la tour où Zulnar trahi, livré par Zoraïme, s'est vu conduire comme un vil criminel !... Ah ! Zéide ! qu'ai-je fait !

ZÉIDE.

Une faute que l'erreur vous fit commettre, et qu'il faut que l'amour répare ; ne pouvant employer la force, nous sommes obligées de recourir à l'adresse : le danger le plus pressant nous menace ; on crie aux armes de toutes parts ; le hennissement des coursiers, mêlés aux cris des assaillans, annonce la plus terrible attaque ; profitez donc de ce moment de tumulte, et ne perdez point de vue le personnage que vous représentez : songez que jeune Troubadour, attaché au service de Zulnar, et déja tout armé pour le suivre aux combats, la douleur et l'espoir de pénétrer dans sa prison, vous conduisent au pied de cette tour : tel est le rôle que vous devez jouer.

ZORAIME.

Sa difficulté m'effraye.

ZÉIDE.

Et moi, il me suffit que vous vous en soyiez chargée pour que je réponde du succès. Commençons par trouver quelque prétexte pour lier connaissance avec le gardien de cette prison; sans doute en sa qualité de geolier, le vin doit être sa passion dominante; et comme, par respect pour les loix du saint Prophète, il est assez rare dans ce pays, je me suis munie de ce flacon, il pourra nous être utile; il ne s'agit donc plus que de saisir la première occasion favorable...

ZORAIME.

Et si elle ne se présente point ?

ZÉIDE.

Nous la ferons naître.

ZORAIME.

Il faudrait trouver quelque ruse....

ZÉIDE.

Il y en a mille !

ZORAIME.

Ces geoliers ont tant de surveillance !

ZÉIDE.

L'amour donne tant d'invention !.... Allons, faisons du bruit pour éveiller ce terrible adversaire ; si une fois nous le tenons...

ZORAIME.

Non, il vaut mieux s'y prendre d'une manière qui l'indispose moins contre nous : je vais chanter sous sa fenêtre, accompagnemoi, et ne fût-ce que pour me faire taire, j'espère qu'il se montrera.

ZÉIDE.

Fort bien imaginé.

ZORAIME.

Malheureux Troubadour !...
Hélas ! ton pauvre maître
Gémit dans cette tour ;
Pour toi ne peut plus naître
De bonheur en ce jour !
De l'amitié fidelle
Puissent les tristes chants,
Dans sa prison cruelle
Soulager ses tourmens.
Je le sens à mes larmes :
Le voir, le secourir,
Voilà le seul plaisir
Qui m'offre quelques charmes.

   Malheureux, etc.

Cette nuit, ce silence,
Tout accroît ma douleur ;
La plaintive romance
N'agite plus mon cœur,

Et plein de ma tristesse
Je répète sans cesse.

Malheureux, etc.

Eh bien !

ZÉIDE.

Je ne vois, ni n'entends rien.

ZORAIME.

Voilà cependant le jour qui s'approche ;
il faudrait tâcher de profiter de cet instant
de calme que fait naître l'absence de tous nos
guerriers.

ZÉIDE.

Nos jeunes héroïnes les ont sans doute
suivis ?

ZORAIME.

Et pour la première fois, Zoraïme n'est
point à leur tête ! Oh ! si le ciel servait mes
desseins.... Mais, dis-moi, Hassem est-il
prévenu ?

ZÉIDE.

Il est à quelques pas d'ici, avec plusieurs
amis qu'il a rassemblés et qui sont prêts à
nous seconder au premier signal.... A propos,
savez-vous bien que Zulnar devait s'éloigner
aujourd'hui même, et que j'avais déja reçu
les adieux de son fidèle Hassem ?

ZORAIME.

Quel pouvait-être son projet ?

ZÉIDE.

Je l'ignore. Mais cette lettre, dans laquelle
Hassem me peignait ses regrets et son amour

ne nous laisse aucun doute. Ecoutez : (*Elle lit.*) Croyez aimable objet que j'aime.

ZORAIME.

Entre-t-il dans quelques détails sur la fuite de son maître ?

ZÉIDE.

Comme je n'ai eu que le temps de parcourir cet écrit, je ne puis vous le dire ; mais pour vous en assurer, lisez-le. (*Elle donne la lettre à Zoraïme qui va pour la lire.*

USBI *dans la coulisse.*

Eh bien ! êtes-vous ici ? Paraissez donc !....

ZÉIDE.

O ciel ! si je ne me trompe, c'est Usbi, cet oncle qui m'est arrivé de Tolède.

ZORAIME.

N'est-ce point lui qui vient d'être placé nouvellement auprès du grand juge ?

ZÉIDE.

Oui, vraiment; que faire ! il va bientôt me reconnaître.

ZORAIME.

Eh bien ! retirons-nous un instant.

ZÉIDE.

Si vous m'en croyez, vous resterez, vous ne courrez aucun risque, puisqu'il ne vous a jamais vue.... Peut-être est-il chargé de quelque mission relative à Zulnar ; et comme il est aussi bavard qu'ivrogne, grâce à ce flacon, vous parviendrez aisément à découvrir le motif qui l'amène, je l'entends et me sauve.

(*Elle sort.*)

SCÈNE II.

ZORAIME.

ALLONS, renfermons ma douleur, et malgré ce qu'il m'en coûte, tâchons de prendre l'aisance et même la gaîté qui me deviennent nécessaires et dont je suis si loin de jouir.

SCÈNE III.

ZORAIME, USBI.

USBI.

PERSONNE encore ?.... Ils arrivent bien tard; je leur ai cependant donné rendez-vous à la place de la Vivaramble; il faut les attendre; je ne puis exécuter mon ordre sans eux...... Mais j'apperçois quelqu'un, (*approchant de Zoraime.*) que faites-vous ici à l'heure qu'il est ?

ZORAIME.

Je suis en droit de vous faire la même question.

USBI.

Moi j'y suis, parce que mon devoir m'y appelle.

ZORAIME.

Eh bien ! moi de même.

USBI.

Votre devoir !

ZORAIME.

Oui ... mon devoir.

USBI.

Il faut que je parle au geolier de cette prison.

ZORAIME.

Et moi aussi.

USBI.

Ah ! ah ! vous le connaissez donc ? mais pour venir aussi tard, il faut que l'affaire qui vous amène vers lui soit bien importante ?

ZORAIME.

Oh ! très-importante.

USBI.

Il dort, et cependant vous voudriez trouver le moyen de pénétrer jusqu'à lui ?

ZORAIME.

Oui, c'est ce qui m'occupe en ce moment ; je crains que chargé de la garde de ce nouveau prisonnier, il ne puisse m'accorder l'entretien que je desire.

USBI.

Vous savez donc la nouvelle ? comme elle s'est répandue ! ... Au reste, cela n'est pas étonnant. Beaucoup de monde a été témoin de cet événement ?

D

ZORAIME.

Beaucoup.

USBI.

On a sans doute été bien étonné?

ZORAIME.

Je le crois.

USBI.

Y étiez-vous?

ZORAIME.

Oui.

USBI.

Ah! tant mieux; vous me conterez comment cela s'est passé... Mais que vois-je? du vin; peste, quelle rencontre! mais par quel heureux hazard?...

ZORAIME.

C'est moi qui viens d'apporter ce flacon, pour m'amuser à boire en attendant l'instant de parler au geolier.

USBI.

Bon moyen pour attendre patiemment; mais cela doit vous ennuyer de boire tout seul.... Je veux vous tenir compagnie. (*Il boit.*)

ZORAIME.

Volontiers, acceptez donc.

USBI *remettant son verre.*

J'accepte; allons mettons-nous là; aussi bien cela donnera le temps à mes gens de me joindre.

ZORAIME *à part.*

Tâchons de découvrir le sujet qui l'amène.
(*Ils s'asseyent auprès de la table.*)

D U O.

Que cette liqueur vermeille
Nous fait passer d'heureux jours !   (*bis.*)
Aimez-vous bien la bouteille ?

ZORAIME.

Non, rarement.

USBI.

Moi, toujours.
L'amour, pendant votre vie,
Eût-il pour vous des attraits ?

ZORAIME.

Oui, quelquefois.

USBI.

Moi, jamais.
Aimer est une folie ;
(*Il prend la bouteille.*)
Voilà mon unique amie.

ZORAIME.

Sans être trop curieux,
Puis-je savoir quelle affaire
Conduit vos pas en ces lieux ?

USBI.

Ce n'est pas un grand mystère.

ZORAIME *à part.*

Bon ! il va le révéler.

USBI.

Cependant, je dois le taire.

ZORAIME.

Donnez-moi donc votre verre :

(*A part.*)

Le vin le fera parler.

(*Haut.*)

Croyez qu'en toute assurance,
A mon extrême prudence
Vous pouvez vous confier.

USBI *tirant un papier de sa poche.*

Vous voyez bien ce papier,
Il doit renfermer, je pense,
Le destin d'un prisonnier
D'une très-haute importance;
Le grand juge Tisifour,
Au gardien de cette tour,
M'a chargé de le remettre.

(*Il boit.*)

ZORAIME *à part.*

A chaque mot qu'il me dit,
Je sens ma frayeur renaître;
Comment faire pour connaître
Ce que contient cet écrit ?

USBI.	ZORAIME *avec une gaîté contrainte.*
Ah ! ne cessons point de boire,	Ah ! ne cessons point de boire,
Buvons et buvons toujours;	Buvons et buvons toujours;
Le vin, vous pouvez m'en croire,	Oui, le vin, j'aime à le croire,
Est la source des beaux jours.	Est la source des beaux jours.

ZORAIME.

Vous êtes sans doute instruit de ce que
renferme ce papier ?

USBI.

Non.

ZORAIME.

Cependant il vous est très-aisé d'en prendre connaissance.

USBI.

Oh ! très-aisé : quand je dis très-aisé, c'est cependant impossible, car je ne sais pas lire ; c'est même à cette qualité essentielle que je suis redevable de ma charge ; d'ailleurs que m'importe le destin d'un homme que je ne connais point !

ZORAIME.

Bien du monde à votre place ne serait pas si discret. Mais revenons à ce billet : si vous voulez, je puis vous le lire.

USBI.

Non, non, le grand juge m'a bien défendu de ne le montrer à qui que ce soit ; il faut que je suive ponctuellement ses ordres, et que j'attende ici les gens qui doivent me seconder dans mon expédition.

ZORAIME *à part, toujours les yeux sur le papier.*

Ma frayeur redouble... si je pouvais...

USBI.

Eh bien ! buvez donc ; je vous donne l'exemple. (*Il pose le papier qu'il tient sur table pour prendre la bouteille.*)

ZORAIME.

Je le suis volontiers. (*En prenant à son tour la bouteille, elle fait exprès de jeter le billet à ses pieds, et dit en se baissant pour le relever :*) Ne vous dérangez pas.

USBI *prenant la lumière.*

Tenez, vous verrez plus clair.

(*Zoraïme profitant du moment où Usbi se détourne pour prendre la lumière, met le billet que lui a donné Zéïde à la place de l'autre qu'elle relève, et le met dans sa poche.*)

USBI.

L'avez-vous ?

ZORAIME.

Oui le voici. (*à part.*) Il ne sait pas lire, je ne risque rien.

USBI.

Que dites-vous?

ZORAIME.

Rien, je réfléchis.

USBI.

Et moi je m'impatiente, mes gens ne viennent point et l'heure s'avance. Je gage qu'ils sont dans quelques cantines voisines, et si je ne vais les chercher.... (*Il se lève.*)

ZORAIME.

Je vous le conseille.

USBI.

Les marauds ! allons, je vais les traiter comme ils le méritent. (*Il se verse encore un coup.*) Ils apprendront si c'est quand on est chargé d'une commission aussi importante, qu'on doit s'amuser à boire... Adieu. (*Il sort.*)

ZORAIME.

Au revoir.

SCÈNE IV.

ZORAIME seule.

Lisons donc cet écrit à la place duquel j'ai eu le bonheur de substituer celui que m'avoit remis Zéide.

SCÈNE V.

ZORAIME, ZÉIDE, HASSEM, amis de Hassem.

ZÉIDE.

Hé bien ! il est parti !.... ne craignez rien, c'est Hassem et ses braves compagnons.

HASSEM.

Nous avons voulu nous assurer par nous-mêmes si l'affaire étoit en bon train.

SCÈNE VI.

LES PRÉCÉDENS, ROBLAS sortant de la tour.

ROBLAS.

J'ai cru entendre du bruit.

ZÉIDE.

Avez-vous mis les instans à profit ?

ZORAIME *approchant de la table où est la lumière pour lire le billet.*

Oui, et du moins aurai-je connaissance de cet écrit avant le gardien de cette tour. Lisons.

ROBLAS *lui ôtant le papier.*

Non pas s'il vous plaît.

ZORAIME *à part.*

Quel contre-temps ! . . . Je voulais le sauver, et c'est moi qui lui porte son arrêt.

ROBLAS *s'approchant de la lumière.*

Que vois-je ! l'écriture du grand-juge ! ce sont sans doute ses nouveaux messagers : croyez-moi, si vous voulez conserver vos places, une autre fois soyez moins curieux ; mais lisons ce billet.

ZORAIME *à part.*

Je frémis d'avance.

ROBLAS *lisant.*

« Le grand-juge Tisifour prévient Roblas,
» gardien des prisons d'Etat, que le prison-
» nier qu'il a sous sa garde, vient d'être jugé,
» et qu'il doit être conduit à Tolède par la
» porte de l'Orient, la seule qui ne soit point
» exposée aux attaques d'Abular ; c'est là
» que tous les forfaits qu'il a commis seront
expiés par sa mort. »

ZORAIME *à part.*

Je meurs.

ROBLAS *continuant de lire.*

« En conséquence, pour que le présent

» jugement soit à l'instant exécuté, Roblas
» remettra ledit prisonnier entre les mains
» des personnes qui lui donneront cet écrit. »

ZORAIME *pouvant à peine contenir sa joie.*

Je respire !

ROBLAS *continuant de lire.*

» Ce sont des gens sûrs, exacts et auxquels
» je puis me fier en toute assurance. »

ZORAIME.

O bonheur !

ROBLAS.

Tant mieux pour lui. (*A Zoraïme.*) C'est
vous maintenant qui êtes chargé de ce prisonnier ; veillez bien sur lui, au moins.

ZORAIME.

Vous pouvez vous en rapporter à moi....
Mais ne tardez plus........

ROBLAS.

Allons, allons, vous êtes bien pressé ; il
m'en coûte de vous remettre ce prisonnier ;
car enfin il est bon que vous le sachiez, quoi-
que geolier, je suis sensible, très-sensible,
on ne peut pas plus sensible.

(*Il entre dans la tour.*)

SCÈNE VII.

ZORAIME, ZÉIDE, HASSEM,
amis de Hassem.

ZORAIME.

O MES amis ! je sens mon cœur
Renaître enfin à l'espérance ;
Mais cachons bien notre bonheur,
Il va venir...

HASSEM.

De la prudence.

ZORAIME.

Je tremble encor !

HASSEM.

Ne craignez rien.

ZORAIME.

Mais on pourrait ?

HASSEM.

Non, tout va bien.
Oui, comptez sur le zèle
D'un serviteur fidèle.

ZÉIDE *à la porte de la tour.*

J'entends du bruit.

ZORAIME.

Ah ! ma frayeur
Surpasse encor mon espérance,
Il va venir.

HASSEM.

De la prudence.

ENSEMBLE.

Oui, cachons bien notre bonheur.

SCÈNE VIII.

LES PRÉCÉDENS, ZULNAR, ROBLAS.

ZULNAR.

C'EN est donc fait tout m'abandonne.

ROBLAS à Zulnar.

Tenez, vous voyez la personne,
Qui de vous répond désormais.

ZORAIME.

Tout mon cœur tremble.

ZULNAR s'approchant de Zoraïme.

Allons. (Il la reconnaît.) Dieux !

ZORAIME bas.

Paix !

ROBLAS à part.

Il se résigne avec courage.

ZÉIDE empêchant Zulnar de parler.

Silence !

ZULNAR.

Je ne comprends pas....

HASSEM bas.

Taisez-vous donc. (Haut.) Suivez nos pas.

ZORAIME.

Ciel ! soutiens mon courage !

HASSEM.   ROBLAS.

Du courage.   Bon voyage.

SCÈNE IX.

ROBLAS.

HIER pris, aujourd'hui jugé, demain expédié; au moins n'aura-t-il point à se plaindre qu'on l'ait fait languir.

(*Le jour paraît.*)

SCÈNE X.

ROBLAS, USBI, COMPAGNONS D'USBI.

CHANT.

USBI *à ses Compagnons.*

FAITES-MOI vos complimens
Sur les secrets importans
Que l'on confie à mon zèle,
Grâce à ma place nouvelle.

LES COMPAGNONS D'USBI.

Faisons-lui nos complimens
Sur les secrets importans
Que l'on confie à son zèle,
Grâce à sa place nouvelle.

ROBLAS.

Près de moi, qu'est-ce que j'entends?

USBI *s'approchant de la tour.*

C'est bien ici.

ROBLAS.

Que veut cet homme?

USBI.

N'est-ce pas Roblas qu'on vous nomme?

ROBLAS.

Oui, que voulez-vous?

USBI *avec beaucoup d'importance.*

En secret,
Je viens vous donner ce billet.

ROBLAS *s'approchant de la lumière et lisant le billet.*

» Croyez, aimable objet que j'aime,
» Que forcé de fuir de ces lieux,
» Je ressens une peine extrême
» De m'éloigner de vos beaux yeux.
De mes beaux yeux! quelle folie!
» Sous votre aimable et douce loi,
» Que n'ai-je pu passer ma vie!
Un pareil desir, par ma foi,
Est une nouveauté pour moi.
» Oui, toujours, vous pouvez m'en croire :
Ce joli menton,
Mon joli menton.

USBI et SES COMPAGNONS.

Son joli menton.

ROBLAS.

» Et ce nez fripon....
Et mon nez fripon.

USBI et SES COMPAGNONS.

Et son nez fripon.

ROBLAS.

» Seront présens à ma mémoire;
Adieu, pour vous je meurs d'amour!...
Qui, diable pour moi, meurt d'amour!

USBI.

C'est le grand juge Tisifour....
Je n'entends rien à cette lettre,
Qu'il m'a chargé de vous remettre.

ROBLAS.

Sors à l'instant, où le bâton
D'une pareille impertinence,
Va me faire bientôt raison ;
Je t'en préviens, mon bras est bon,
Profite de la confidence.

(*Il le pousse rudement et le jette par terre.*)

LES COMPAGNONS D'USBI *le relevant.*

Reçois donc nos complimens
Sur les secrets importans
Que l'on confie à ton zèle,
Grâce à ta place nouvelle.

ROBLAS.

Je saurai t'apprendre, fripon,
Si je souffre la moindre injure ;
Sors à l'instant, où je le jure,
Tu vas périr sous le bâton.

USBI.

Ensemble. Au diable la commission,
Je n'y comprends rien, je vous jure ;
Dès aujourd'hui, je vous l'assure,
Je donne ma démission.

LES COMPAGNONS D'USBI.

Ah ! la belle commission,
On rira bien de l'aventure ;
Tu perds fort peu, je te l'assure,
En donnant ta démission.

(*Usbi sort avec les Compagnons.*)

ROBLAS *en rentrant dans la tour.*

Si le drôle n'avait point été si bien accompagné, il aurait vu qu'on ne cherche point à me jouer impunément ; venir ainsi m'étourdir.... Non, mais, c'est que je suis d'une colère.... d'une colère.... Allons boire pour l'appaiser ; mais quel tapage ! de tout côté des cris se font entendre.... On approche.... rentrons vîte.

SCÈNE XI.

AKBÉ, HIRCAN, *suite d'Akbé.*

AKBÉ.

CHER Hircan, est-il vrai? Abular triomphe. Ah! du moins serons-nous vengés de Zulnar; nos ennemis ne pourront le soustraire au sort qui l'attend. Nous, tâchons par un dernier effort....

HIRCAN.

Vain espoir! Abular tenant en main l'étendard de Mahomet, vient de se rendre maître de la porte d'Elvire; la terreur s'est répandue parmi tous les habitans, ils accourent sur nos pas; tous ont juré de s'ensevelir sous cette malheureuse cité, avant qu'elle soit livrée à nos cruels ennemis.

AKBÉ.

Ah! pourquoi mon âge ne m'a-t-il point permis de les défendre!

SCENE XII.

AKCBÉ, HIRCAN, CHOEUR.

(*Des femmes et des enfans parcourent le théâtre, et paraissant dans la plus grande agitation.*)

CHOEUR.

OUI, courons, volons;
En tout lieu portons

L'effroi , l'épouvante:
En ce jour d'horreur,
Que tout se ressente
De notre fureur.
D'Abular en ces lieux la rage veut s'étendre ;
Mais pour prix de ses efforts ,
Qu'ils n'offrent à ses transports
Qu'un horrible amas de cendre ,
De ruines et de morts.

SCÈNE XIII.

LES PRÉCÉDENS, ALAMIR.

ALAMIR.

AMIS, changez vos cris lugubres en chant d'allégresse ; la tribu des Abencérages triomphe , et notre ennemi n'est plus.

AKBÉ.

Se pourrait-il ? . . . Ah ! parle ! . . . A qui devons-nous cet heureux changement ?

ALAMIR.

A deux guerriers qui viennent de s'acquérir des droits éternels à notre reconnaissance.

AKBÉ.

Leur nom ?

ALAMIR.

Zulnar , et Zoraïme qui bravant tous les dangers , a sauvé son amant.

AKBÉ.

O surprise !

ALAMIR.

J'étais occupé à rallier nos soldats, lorsque des cris affreux se sont fait entendre dans l'armée d'Abular : j'apprends que deux combattans, suivis de quelques amis, se sont élancés dans les rangs de nos vainqueurs; je cours les joindre, et le premier objet qui frappe ma vue, est l'amant de Zoraïme, poursuivant Abular : il le joint, l'attaque, lui arrache l'étendard du prophète, et le jette sur la poussière; il expire. A peine l'armée ennemie a connaissance de cet événement, que l'alarme et la confusion s'y répandent; alors Zulnar, suivi de votre fille, se saisit des dépouilles de notre persécuteur, s'élance sur deux chameaux chargés d'une partie de ses trésors, et rentre en vainqueur dans Grenade.

AKBÉ.

A peine je respire !...
(*On entend derrière le théâtre les cris de vive Zulnar, vive Zoraïme.*

ALAMIR.

Entendez - vous ces cris qui nous annoncent nos libérateurs qu'on ramène en triomphe ?

AKBÉ *allant au-devant de la marche.*

Je ne puis contenir la joie que j'éprouve.

E

SCÈNE XIV et dernière.

LES PRÉCÉDENS, ZORAIME, ZULNAR, SOLDATS.

CHOEUR DE GUERRIERS.

Le plus grand des guerriers
A pris notre défense ;
Admirons sa vaillance,
Offrons lui ces lauriers.
D'une éternelle gloire,
Il vient de se couvrir ;
Célébrons sa victoire,
Livrons-nous au plaisir.

ZORAIME *courant dans les bras d'Akbé.*

Mon père !

AKBÉ.

Ah ! ma fille.... Mais par quel prodige ?...

ZORAIME.

En est-il d'impossible à l'amour ? Mais permettez que je ne songe maintenant qu'au bonheur de vous voir échappé au plus affreux péril.

AKBÉ.

Quoi ! c'est Zulnar qui nous a délivrés de notre persécuteur !

ZORAIME.

Lui-même ! mon père ! mes amis ! vous voyez dans Zulnar le sauveur de Grenade, et songez que s'il eut des torts....

AKBÉ.

Ils sont tous réparés.

ZULNAR.

Quel que soit mon triomphe, peut-il vous surprendre, et quel ennemi pourrait résister quand l'amour sert de guide à la valeur ?

ALAMIR.

Akbé ! votre fille devait-être le prix du courage ; qui pourrait le disputer au vainqueur d'Abular ? Permettez donc que je vous presse moi-même de combler les vœux de Zoraïme.

ALAMIR *avec le Chœur.*

Akbé, nous vous pressons tous
De former des nœuds si doux ;
De cette faveur insigne,
Croyez que Zulnar est digne.

AKBÉ.

Oublions donc son erreur,
Puisque la vertu l'anime,
Et que de ma Zoraïme,
Il fasse enfin le bonheur.

CHOEUR.

Célébrons son courage,
Offrons lui notre hommage ;
Et qu'il passe en ce jour
Pour prix de sa victoire,
Des charmes de la gloire
Aux douceurs de l'amour.

FIN.

DE L'IMPRIMERIE DE MIGNERET,
rue Jacob, N.º 1186.

AVERTISSEMENT.

On prévient le Public, qu'un grand nombre d'Auteurs dramatiques ayant cherché le moyen de parer aux contre-façons, s'est déterminé à faire exécuter un Cachet identique qu'il sera impossible d'imiter; et qui sera déposé au Bureau dramatique établi *rue Helvétius*, N.° 664, près celle Chabanaïs. Ce Cachet, la propriété des Auteurs, sera empreint sur chaque exemplaire. Mais ce moyen ne pouvant pas être d'une exécution très-prompte, on prévient, en attendant, que tous les exemplaires de *Zoraïme et Zulnar*, et d'autres Pièces s'il y a lieu, seront signés du Fondé de pouvoirs des Auteurs dramatiques, à l'adresse ci-dessus indiquée.

Nota. Comme il pourroit se faire que les pièces de théâtre fussent contre-faites dans les Départemens, les Correspondans des Auteurs dans chaque Département sont invités à poursuivre, aux termes de la Loi, tout contre-facteur ou vendeur de contre-façons, s'il s'en découvre.